名流詩叢 16

給大家的愛

Love for All Ages

愛　對人民微笑
碇泊在每一個港口
沒有愛　生命空洞

〔俄〕隋齊柯甫 (Adolf P. Shvecchikov) ◎ 著

李魁賢 ◎ 譯

Dedicated to Barbara DeKovner-Mayer

The Founder of

Friend Assisting Friends Foundation

in Los Angeles, California, USA

關於隋齊柯甫
About Adolf P. Shvedchikov

　　1937年出生於俄國沙赫蒂市（Shakhty），同時身為科學家、詩人和翻譯者。1960年畢業於國立莫斯科大學，現為俄羅斯科學院化學物理研究所資深科學家，美國加州洛杉磯脈衝科技公司化學部主任，主要研究空氣污染環控，迄今發表科學論文 150 篇以上，於俄羅斯、美國、巴西、印度、中國、韓國、日本、義大利、馬爾他、西班牙、法國、希臘、英國、澳洲等國的各種國際性詩刊發表詩 200首以上。詩譯成義大利、西班牙、葡萄牙、希臘、中國、日本、印地等

文字。國際詩人協會、世界詩人會議和國際作家藝術家協會的會員。出版詩集：《我的美國發現之旅》、《在日落之前》、《我的人生‧我的愛》等。譯成俄文有《16至19世紀英語十四行詩150首》（1992年）、《莎士比亞十四行詩》（1996年）、《溫柔的美感》（2007年，李魁賢原著）、《黃昏時刻》（2010年，李魁賢原著）。已出版中文詩集有《詩101首》（2010年，秀威資訊科技股份有限公司）。

《給大家的愛》譯序
Translator's Note

　　英詩集《黃昏時刻》出版後，波佩斯古首先譯成羅馬尼亞文，接著就是隋齊柯甫把它譯成俄羅斯文，都是全譯本，再加上蒙古文的節譯本，已經把拙作帶往更廣大的外界了。基於詩交流的雙向來往，我也繼續選譯隋齊柯甫作品。

　　隋齊柯甫的詩短小精幹，表現真性靈的抒情味濃，非常雋永，大多從細節處起興，要言不煩，點到為止，見好就收。由於用語節制，反而餘味無窮，頗似絕句，雖然是以自由詩的形式表現，其精華就在意念與意境之真摯，少見斧斤鑿痕，本詩集《給大家的愛》率皆如此。

　　詩之美，在於自然率真，不事造作，有情存乎一心，容易感動，否則千言萬語，逞顯口舌，甚至繞來

繞去，摸不著邊際，變成不知所云，徒託空言，則詩云乎哉，抒情云乎哉。

　　隋齊柯甫不一定算是俄羅斯現代詩的主流，但從阿赫瑪托娃等二十世紀俄羅斯浪漫主義抒情詩，反制社會主義現實主義的冷冰冰社會功用取向以觀，則顯示有其脈絡相傳的線索。

　　隋齊柯甫身為科學家，又在異邦的美國社會從事研究工作，業餘用非母語的英文寫詩，受到美國詩壇的接受和注視，誠屬不易，也足見詩的世界處處有青山，固非獨守現代主義一枝花不可，何況季節嬗替，才符合自然規律。

　　前譯隋齊柯甫《詩101首》一書頗獲同好，使我體會到清香甘醇的短詩，其實偏愛者所在多有，那麼多介紹一些隋齊柯甫的詩，瞭解俄羅斯現代詩另一面向的實況，應該也是有意義的工作吧！

2010.11.26

唉，我無能更登上
Alas, I cannot more ascend

唉　我無能更登上

現代詩的寶座

我無能在天空自由翱翔

我無能在流沙上建新廟

繆斯已失去溫柔翅膀

白天鵝唱最後歌曲

關於存續那麼久的美

關於甜甜的淚水四灑……

唉，自然並非完美
Alas, Nature is not perfect

唉　自然並非完美！

有時候乾風吹拂

有時候溼雨淋漓

說是好事不如人意

然而在不樂之舞當中

妳的庭院工作正起勁

我要找溫柔陽光悅妳

抱歉不能老是吻妳

因為生活不好過

唉，自然並非完美！

你以為你的一生
All of your life you've thought

你以為你的一生

就是神槍手

一切都在掌握中

有必要　你就做

如果不喜歡　就剎車

每個人都要聽你指令！

你的作為大大成功

你以頂級速度奔跑

得到財富　無法享用

多麼荒唐的事呀

你只是愛錢而已！

你沒聽過繆斯一句話！

天使齊聲合唱
Angels sing all together

天使齊聲合唱

讚美天國之愛

何處找尋這樂園

夏天夜鶯呀　妳在何處？

何處有玫瑰珊瑚色細膚？

何處有嫵媚眼波在呼喚？

有多少人知道

南國之夜的戀情？

妳在何處呀　難忘的

幸福芬芳和溫柔感情？

妳在何處？毫無消息

做為我心靈的火焰
Be the flame of my soul

做為我心靈的火焰！

夜裡來我懷抱

以我衷心的慕情藉用

妳熊熊熱戀之火燃燒！

把無法理解的冰塊裂開

讓冰在天明之前融化

讓顫抖搖晃的燭光

使我們心靈神魂顛倒

請聽聽我的心跳聲

不要把門緊緊鎖住！

飲盡天國甘露吧

讓我沐浴在至福水中

引導我到愛的完美境地

制止我懷疑的鍊條！

暗夜來到我們門口之前
Before a dark night comes to our gate

暗夜來到我們門口之前

波浪吻著滿佈小石的海岸

我愛　告訴我等待的話

可請別說「到此為止」嚇人！

我想聽妳整夜絮絮不休

把妳的話轉變成熱烈的眼神

照亮幸福喜悅的光　我的

淙淙　潺潺　嘩啦啦誘人的小溪！

日落之前我感受白楊香氣
Before sunset I feel the poplar's scent

日落之前我感受白楊香氣

熟悉的味道帶有辛辣苦味

有時我們的生命歡欣鼓舞

偶爾會陷入痛苦的挫折裡

生命啊　妳臉孔多麼善變

妳的型態改變入射的光芒

不久前妳正當優雅又迷人

如今妳以永夜的姿勢出現

妳來自天堂還是地獄深淵？

指示我究竟來自何處地方

告訴我真話　告訴我　說！

妳為什麼要玩兩面把戲呢？

在沉默中
Being silent

在沉默中

妳說了那麼多話

我很高興

聽到這樣的沉默！

不要給我麵包和鹽

我不需要一塊麵包

我感到像是在七重天

或許在月球上！

我望著妳的髮辮

妳頻送的秋波

我的至愛　對妳

我什麼事都不問！

或許我發現陷入

夢中太深

當妳落入情網中

那時刻多麼美妙！

黑白人生
Black-and-white

記住　我們人生是黑白的

有一位死亡就啟動一位出生

我們古代大地處在低層

深暗中你只能找到一線光

要是你感到一陣狂喜

請四顧看看到底怎麼回事

你的快樂不會持續太久

亮麗的白天後是黑臉的夜

若有人告訴你　他才正確

注意看　一定隱藏陷阱

試試在網中找出一點間隙

表現你的機智和個人能耐！

快樂的夢
Cheerful dream

啊　我的夢多麼奇妙！

我愛到如癲似狂

讓夢繼續做下去吧

有可能像往日墜入情網？

妳來自什麼樣的部族

打破我多情的感嘆

像泉水掙扎穿過岩石？

啊　我的夢多麼訝異！

我多麼渴望與妳接軌

燃起妳無盡的熱情！

我像青春少年在戀愛！

啊　我的夢多麼愉快！

這銀色水流會暢多遠

這金色樹葉會舞多久

這夏日的愛情雷電會閃多亮？

啊　我的夢多麼快樂忘形

來我家，請別客氣
Come to my house, be my guest

來我家　請別客氣

我高興見你　請坐

喝杯酒　吃點烤肉

放輕鬆　好好歇息

啊　你在荒漠沙地

迤邐跋涉已經太久

進來　朋友　握手

忘掉你單調的歌吧

不要怕孤獨
Don't be afraid of loneliness

不要怕孤獨

當愛情照亮暗路

時機就到了

凋萎的花蕾會再開

不要處處疑慮

黑雲總會散

陽光就要說

悲傷　再見啦！

妳會感到心悸暈眩

一如青春歲月！

妳的感情依然如故

找到失落的幸運鑰匙！

別離開我
Don't leave me

有人餓了　妳是麵包

有人渴了　妳是飲水

對我　妳是聖地，

對我　妳是夜空的星星

我追隨妳　不願失去妳

這是有點瘋狂的事

因為我再也分不清

現實與迷戀的界限

不要去想妳的眼袋
Don't think about bags under your eyes

不要去想妳的眼袋

不要告訴我妳的手指冷

我們常常執著於這些事

有時可能會更重要

請妳忘掉那些皺紋

不要成為妳沉重的負擔

如果妳擺脫不掉悲傷

請記住妳不會孤單

妳的老友會在妳身邊

他不在乎妳的皺紋

別考驗我，法官
Don't try me, judges

別考驗我　法官

別宣判我入獄服刑

我要等到審判日

讓上帝決定如何做！

讓祂劃分我的靈肉

把一切融入永恆

享受妳今天的生活
Enjoy your life today

享受妳今天的生活

別管明天會怎麼樣

幹嘛要愁苦悲傷？

對緊張說　滾蛋！

記住　美是神聖

還有溫馨的天賜

看看妳淚汪汪的臉

醒醒吧！曬曬陽光！

人人為事事付出代價
Everyone must pay for everything

我們在海岸流沙地

建立愛情的堡壘

如今遇到深切難題

因為堡壘被毀了

我們眼中含著淚水

我們無法在空中翱翔！

人人為事事付出代價

奇蹟只出現在童話裡

變化不定的心情
Fickle mood

有時我一如陰沉的烏雲

我的心靈像無知的石頭

我內心看到迷濛的壽衣

從顫抖的嘴唇逸出呻吟

但甜美的陽光一旦出現

我的所有憂鬱立即消散

再也不會有悲傷與恐懼

生命又在韻律舞中跳躍

被遺忘的沙地
Forgotten sandy land

我尋覓被遺忘的沙地

接觸古老石牆的廢墟

依稀聽到祖先在呼喚

感受古人手心的溫暖

被遺忘的沙地多麼沉默

寂寞的風在絕望中徘徊

風景既孤獨無依又荒涼

無生命　只有陽光和沙

先生，您閱讀莎士比亞
Gentlemen,
you read William Shakespeare

先生　您閱讀莎士比亞

錫德尼和斯賓塞擺在桌上

我無法想像　可合理認定

不抱希望你聽得進去

然而　我在尋找碼頭

停泊老爺破船　且呼喊

在藍天下我沒有昏頭

人呀　聽到我的聲音嗎？

深藏的欣喜
Hidden delight

妳在田園裡　看呀！

深藏的鳥聲突然傳佈

仰望天空　蔚藍亮麗

隱身的雲雀在歡唱！

快樂的蚱蜢在草間吱喳

啊　相信我　妳找不到！

苞芽罩覆在葉子圍巾內

壓抑喜悅躲過了賊眼

詩人的樂趣是融入思想

充滿感情加以精心鍛鍊！

希望 真理 愛
Hope, Truth, Love

如果妳相信希望 真理 愛

種一棵個人樹

讓它暢快成長

讓它成為鴿子的住所

如果妳種植天堂樹

就是種下不朽的青春

妳的心會有燦爛的喜悅

妳渴望的心靈會受到細心撫慰

血紅夕陽多麼焦急的樣子
How anxious looks a bloody sunset

血紅夕陽多麼焦急的樣子

一把巨火沿著天空燃燒

羽狀雲朵轉變粉紅而鮮紅

白晝送完最後陽光就送終

小鳥在唱她傷心的歌曲

第一顆星星透過濛霧閃爍

在我們生活中總會出錯

然而　我們確實無法阻止

或許生命是不足取的玩具

忘掉所有麻煩不必理會

但願你是有智慧的孩子

否則　讓我說聲再會吧！

六月幸福的日子多美妙
How nice are blissful days in June

六月幸福的日子多美妙

每天都是完美無缺

天地和諧融成一體

可以聞到田園的乾草香

每片葉子都在盼望日光

每隻小鳥飛回樹巢

妳立刻感受到快活能量

無始無終奔波不息

我是戴著尖頂高帽的丑角
I am a buffoon
wearing a tall-pointed cap

我是戴著尖頂高帽的丑角

悲愁臉上的面具常露笑容

我是為人服務的平凡丑角

永遠閉鎖在恐怖的陷阱內

無人關心到我嘲諷的心情

也無人知道我有多麼悲傷

人呀　歡樂吧　我很高興

看看這位魯莽粗鄙的小丑！

但願把冰淚置入妳的項鍊

就和晶瑩的真珠一樣燦爛

抱歉　大爺和揮霍的女郎

請原諒　我是丑角　感恩！

我是一朵雲
I am a cloud

我是藍天的女兒

充滿水份

我帶給田園活力的雨水

我湧上湧下

像吹氣的枕頭

放在山嶺和平原上

我到處遊蕩

經歷過雷電交加

受到暴風凌虐

永遠在運動

卻沒有感動

終究沒有純純的愛

我像蜘蛛撒下言辭的網
I am like a spider
spreading my verbal webs

我像蜘蛛撒下言辭的網

以超越的思想絲線編成

強求他人閱讀我的心血

這高尚欲望有時會退潮

幹嘛要像營營忙碌蜜蜂？

幹嘛要在蜂巢內釀精蜜？

誰說你就只要追求成功？

我所見已夠我高興萬分

我準備要摟抱妳
I am ready to hug you

我準備摟抱妳

用花淹沒妳

讓我們碰出火花

來吧　我的愛！

讓雪白天使翱翔

用翅膀觸及我們

讓永恆的愛

永遠連結我們的心！

讓我們試試引火

像春天雷雨

活生生來到心靈裡！

我們用自己的手

建造幸福的家！

我忘不了燦爛的青春
I can't forget my dazzling youth

我忘不了燦爛的青春

如鏡海灣有覆苔洞窟

蔚藍天空　嬉戲波浪

我很高興能說真話！

只要聽到海的歌聲

我每天就心安理得

我常常陶然忘我

在桃紅美夢中迷失

欣然眺望海鷗飛翔

我激動的心在燃燒

想到榮耀與名譽

感恩喜極而快慰！

金籠內可憐的籠鳥啊！

恕我沒有實際經驗　恕我

太天真　熱情的青春啊

感傷說出生命考驗的哲理

我不能保證帶給妳晴天
I cannot promise to bring you a sunny day

我不能保證帶給妳晴天

我不能保證帶給妳永恆的春天

我不能保證帶給妳鑽石戒指

如果妳不要這些　選別的吧

只要確信我永遠不會背叛

我無時無刻都會向妳奉獻

如果妳喜歡平靜溫和的氣候

請留下來與我同在　勿離開！

我用真珠項鍊裝飾妳的頸項
I decorate your neck
with a pearl necklace

我用真珠項鍊

裝飾妳的頸項

永遠忘掉

我的一切不安

我拋棄所有怒氣

誤解的暗夜

相信我

我會做個好孩子

我們生活在同樣天空下

我們是同樣泥土捏造

我的路除了妳無人知

我會消失無蹤影

我不在乎名望和光榮
I don't care about honor and glory

我不在乎名望和光榮

但沒有妳　我活不下去

妳是鑽石　我是鑲座

我們無法分開生存！

我是妳背後的影子

保護妳免受一切不幸

萬一我意外失去妳

我也需要砍頭賠償！

沒有妳，我不知如何活下去
I don't know how to live without you

沒有妳　我不知如何活下去

我永遠失去心靈的平靜

我必須像駱駝日夜勞動不休！

很遺憾不能看到妳　我準備好

獻上半壁江山擔保妳歸來

夜夜帶來更多折磨　請忍耐

我們不會永遠分開兩地相思

我們會再見到曙光燦爛的黎明！

我不知道為什麼會激怒
I don't know why I became irritated

我不知道為什麼會激怒

也許是收音機聲音太大

或是黑貓擋住我的路

我的心情真是氣憤

或許我無法忍受

老婦人與鄰居爭吵的

尖銳喊叫聲

還是我恨自己年老？

愛情啊　幸福的歌聲呢？

如何對抗世俗的現實？

我不需要為詩找特別題目
I don't need to find a special item for my poem

我不需要為詩找特別題目

我喜歡描述妳無瑕的美貌

我希望以動人的方式寫妳

找出妥當的形容詞和隱喻

但我一見到妳就滿心高興

不需要任何冠冕堂皇的話！

妳是活生生的詩！看到妳

就聽見愛的永恆響亮呼聲

能夠喚醒每一位沉睡的人！

我驅馳想像的馬匹
I drive the horses of my imagination

我驅馳想像的馬匹

越過蠻荒不毛的原野

自己用護甲遮蔽

我相信夢想會化身

我的路遠離鐵器世界

我是晨露的歌頌者

我是霓虹五彩的畫家

我堅決痛恨殘酷下界

我確實奉行浪漫主義

我喜歡藍天和旭日

百萬人當中我是唯一

有此無可寬恕的瑕疵

我固執馳騁日以繼夜

高唱我的靈歌不歇

或許有人認為我錯

當然　我是絕對正確！

我睡著了，妳進入我夢中
I fall asleep,
and you come into my dream

我睡著了　妳進入我夢中

在雲霄裡翱翔

我聽到妳的銀鈴聲

明日我又要整天忙於工作

但到了下午我就會想

如何稍後在甜夢裡與妳見面

我什麼都給妳啦
I gave you everything

我什麼都給妳啦

美人賊呀　連最後嘆息！

剃刀片多麼銳利啊！

愛昏了的投球多麼強啊！

我什麼都給妳啦

妳能帶走的就盡量吧

希望妳能永遠高興！

都獻給妳　我的至愛！

我望著妳，愛人呀
I gaze at you, love

我望著妳　愛人呀　獻詩給妳

我的感情無邊無際　但深藏

內心偷偷摸摸！我不想

展示給任何人看見

因為我是孤獨的孩子

讓別人去公開討論

他們生活中的私情細節

開始到處製造可怕的緋聞！

至於我　喜歡仰望藍天

以及潔白的雪峯！

我陶醉於愛情的艷露
I get drunk from the amorous dew of love

我陶醉於愛情的艷露

熱情的力量多麼強大！

心再度爆發出火焰

我不斷吻妳　小銀鴿！

我異乎尋常地高興

妳急速如火的鏢槍

射穿我熱烈正熾的心

突然驅使我抓狂！

我喜愛草地絲綢的胸膛
I like meadow's silken breast

我喜愛草地絲綢的胸膛

多次躺臥在那懷裡

夢清香　韻律縈繞

我不是非凡的佳賓

在此悅人的休憩場所

青草如地衣　翠綠天鵝絨

那是安詳幸福的真意

你的好運是神所恩賜！

我喜愛長翅膀的風在流動
I like the winged winds which flow

我喜愛長翅膀的風在流動

有時我聽到了　又再度無聲

長期孤獨的不知名見證人

我對看不見的朋友說聲　哈囉！

本質上　我們不太需要自然品味

一棟小屋在向陽的山坡上，

瓷器帽子　討人喜的咖啡機

老天！我幹嘛要浪費時間？

陷入沉默中不發出聲音

像陽光下百花齊放的春天

啊　母親大地　我是流浪兒

孤孤單單　卻是滿腔熱血

我喜歡春天這些安靜的日子
I like these days of spring

我喜歡春天這些安靜的日子

有芳香花卉的馥郁氣味

有令人目眩的高塔聳入雲表

還有春水細語潺潺不斷

我喜歡悅人的燦爛五月天

可以啜飲沁入心脾的葡萄酒

觀賞常春藤蜿蜒蔓延伸展

夢幻的思想游移到不知去向

我活，我在！有人關心嗎
I live, I am! Does anybody care?

我活　我在！有人關心嗎？

告訴我　誰在妳生命中糾纏？

誰會在乎妳的絕望心情

妳活著嗎　是否涉及鬥爭？

我會！事實上　誰知道

妳是流浪的幽影　迷路了嗎？

無人關心妳遭受苦難折磨

不管妳到底是活人還是鬼

我從天上看妳藍地球
I look at you, blue globe from heaven

我從天上看妳藍地球

一步一步攀下來

我甚至繞著雲堆徘徊

然後著陸在我小鎮

看到田園　聞到花香

很高興陽光依然照耀

我從涼亭眺望明星

宇宙無量數都屬於我！

我望著樹木深思
I look in deep thought at the tree

我望著樹木深思

孤樹長在小山丘上

夏日保持輕鬆愉快

冬季冷得瑟瑟顫抖

這棵老樹周圍偏布

黃色和藍色野花

晨露是多麼清新

營營蜜蜂多麼忙碌！

巨幹上被覆青苔

華蓋迎向太陽和風雨

風舞雨踊席捲而過

帶走腐朽生物與塵屑

你的生命已然逾齡

為愛和快樂繼續活著

我喜歡你　白髮聖哲

感受你無敵的權力！

我窺視全開的窗
I look into the wide-open window

我窺視全開的窗

天地一片黑暗

我體會寡婦淚有多苦

她失去丈夫和家庭

我注視荒涼的城市

被刺骨之痛佔領

無法形容的憐憫

再度棲息在我心裡

我若有所思地眺望著星空
I look pensively at the starry sky

我若有所思地眺望著星空

月亮發射出悅人的光

我感覺到夏天的芳香氣息

夜幕覆罩下自我隱藏

沉靜的夜啊　我喜歡妳吻

繁茂的樹壓抑著私語

我處在永久不渝的至福中

不能說是　一切枉然

我愛山岡、水溝、溪流
I love you, hills, and groves, and streams

我愛山岡　水溝　溪流

任情徜徉至迷失方向

每天在陽光亮麗照耀下

如夢似幻中四處閒逛

我感到沉睡大地在喘息

我聽到鳥鳴歡樂歌曲

我準備好自己放聲呼喊

萬事幸福　無憂無慮！

我製作紙船
I made my paper boat

我製作紙船

找到一條小河

如今我準備漂流

尋找最近的河彎

這靜靜的小河

匯合另一急流

我要寫一本奇書

描述我輝煌的夢

在我英俊少年時

我要找遠洋船舶

想用這紙玩具

去旅行環遊世界！

我慢慢繪妳的畫像
I paint your portrait slowly

我慢慢繪妳的畫像

所有細節都不遺落

我用心在妳的眼睛

任何人都會在裡面

發現我不朽的心靈

妳雙眼是我的倉庫

儲存我的悲歡哀樂

永遠與妳共同存在

我無止盡感謝妳
I thank you endlessly

我無止盡感謝妳

為妳純真的淚滴

顯現的神性光輝

為妳鮮艷的櫻唇

為天國瓊漿甘露

為能夠再見到妳

當妳來點燃戀火

實現我所有夢想！

我才不管妳是誰

是妳烘熱我的心

就是我不朽的愛

是我完美的喜樂！

我多次嘗試找尋偶像
I tried to find the idol many times

我多次嘗試找尋偶像

以我的夢想加以塗裝

奇怪　我愈精心加工

偶像愈快失去韻味

有的很美　卻不優雅

其他都是聰明的無聊人

堆砌辭藻的文句難解

所以我毫不猶豫地說

幹嘛我要受這些折磨

幹嘛我要永遠無事忙？

藍天有從容自在的太陽

雲攜帶賦予生命的雨水

不需要偶像，需要的是

安詳留在這平靜海島上
像宇宙小點過流亡生涯
我以此做為不移的信條

我很高興住在群樹間
I was so glad to live among the trees

我喜歡住在群樹間

高興躺在軟草上

映照著水鏡驚嘆

感到涼爽微風的溫柔

啊　要感謝大地老母

早先給我稀罕的機會

莊嚴　悅人的幽森之舞

在我神祕出生後得到觀賞

精彩的人生　歌曲多歡暢

啊　夜鶯婉囀是那麼動聽

在昏昏欲睡的山坡迴蕩

而後回聲愈傳愈遠

我但願能像波浪奔馳
I wish I could run like a wave

我但願能像波浪奔馳

以光的速度前進

那時我就毫無問題

隨時與妳同在

我卻動如龜速心知

何以始終恍恍惚惚！

為了能再看到妳

我飛越重洋繫念妳

滿懷希望透過機艙

眺望遠方地平線

我準備好應付一切

因為我深愛著妳！

要是我確實知道
If I could know for sure

要是我確實知道

要是我能明白這一點

我會打開所有門戶

告訴我的朋友們

愛神的箭已然

射穿我的心臟！

要是我確實知道

我會丟掉苦惱

毫無猶豫懷疑

要是我確實知道

如果妳只能知道
If you could only know

如果妳只能知道

我如何蒐集鑽石

裝飾我虛擬

夢境內的王冠

如果妳只能知道

我像珠寶商到處

尋找美的高峯

如果妳只能知道

我沒有妳活不下去

如果妳只能知道

我無法忘懷的愛情

如果妳只能知道

美人，妳藏在什麼樹林裡
In what groves are you hiding, beauty?

美人　妳藏在什麼樹林裡？

誰摸了妳的乳房？如何找到

正好的地方實現妳的夢想？

讓世俗的生活消失　就像

秋天的黃葉！不朽的美人

我必須對妳瘋狂多久呢？

是該肆意冷漠以對
It's time to indulge in apathy

是該肆意冷漠以對

如何活到成熟老年

如何丟開苦悶哀愁

如何解決棘手問題？

誰會賜知如何控制

永不會犯錯的情況

存心出現驚悚謎題

我賭　生命是賭注！

明天留給妳自己
Leave tomorrow for yourself

明天留給妳自己

把今天給我

今天能夠愛妳

我會備感幸福

給我雨的氣氛

新割的溼草

我寧願今天快樂

明天再說吧

愛情處處布置陷阱
Love arranges traps everywhere

愛情處處布置陷阱

很容易成為受害者！

愛情是多麼複雜的事

無法為她痊癒很久！

相信我　愛神的箭矢

總會在某地找到妳

而妳始終不會明白

到底是怎麼回事

來自蛇的愛情
Love from a snake

妳的玩笑真缺德

妳的舌頭像一把槍

或許我真的絲毫

沒有機會與妳同在

妳好像用刀片在割我

我的皮膚正在淌血

愛情的戰鬥有多危險

而眼鏡蛇又那麼誘人！

小心　毒液會致死

當毒滲入你的血裡

你就得到了完全

來自蛇的愛情！

愛情是風雨之夜的燈塔
Love is the lighthouse in a stormy night

愛情是風雨之夜的燈塔

指示可靠的路徑

幫我們斬斷難解的結

解決任何難題

愛情連結人的心

愛情永遠存活下去！

愛，對人民微笑
Love, give a smile to the people

愛　對人民微笑

碇泊在每一個港口！

沒有愛　生命空洞

讓所有玫瑰綻放

讓斑斕珊瑚成長！

詩篇和歌曲

必須讚頌愛

不能丟到灰爐裡

愛的冠冕是

用銀製作

愛涵泳

堂堂如天鵝

人人期待

愛帶著希望
出現

愛情，像一座火山
Love, you are like a volcano

愛情　像一座火山

在靜靜睡眠中

等到一旦甦醒

接著一聲怒吼

熱情噴出熔漿成河

萬物被燒燬殆盡！

我的至愛，妳已然去逝
My beloved, you passed away

我的至愛　妳已然去逝

回憶焚燒我的心情

我無法呼吸

我心充滿痛苦！

我的至愛　妳已然去逝

但我們只短暫分離

我知道無人能夠

把我們永遠分開

至友有時對我斷言
My dear friend swears at me sometime

至友有時對我斷言

受不了你呆板的韻腳！

這些字又擺錯了位置

教你的一切都白費！

沒有用對妥當的時態

你所謂的詩沒有意義！

你必須從新學習英語

不然別再舞文寫詩

我的至友　你或許對

英文文法讓我無法飛翔！

很抱歉　確實　我失掉

詩的全部魅力而迷惘！

我的夢漂浮在海洋上
My dreams are floating in the ocean

我的夢漂浮在海洋上

日日夜夜　沒有止息

風在戲逐夢的飛揚

帶著新情意的祝福

我聽到聖樂歌聲

每一動機　感動　音調

隨那音樂合拍而來

啊　生命美妙　無誤！

我的眼睛和心聯合
My eye and heart are united

我的眼睛和心聯合

彼此隨時互相幫助

眼睛為愛指示正確方向

而心就迎向前去！

要是我說再見卻不知

何時會再見到妳

我的心裡就充滿悲傷

我的眼睛凝視著

妳的畫像盈盈笑容

期待盡快再見到妳！

對！我的幻想沒有止境
My fantasies are endless, yes!

對！我的幻想沒有止境

別耽心　讓我的想像遊走

屋內門戶已經全部敞開

隨它穿奇裝異服到處漫步

誠然　我喜歡特立獨行

那就打開妳心靈的鳥籠吧

給我最後的機會提醒妳

匪夷所思正是進步的力量！

繆斯，不朽的夜鶯
My muse, undying nightingale

我的繆斯　不朽的夜鶯

引導我充滿信心走過黑暗

我傲人的帆船　航行世界

講幸福的童話給人民聽

別讓我改變正確的航程

溫柔的繆斯　別燒掉絲翼

我們希望能遇到新的春天

把妳的歌聲散佈到宇宙

老朋友
My old friends

朋友　那是優雅的事

有好兆祥的氣氛

特別溫馨關懷

真正友誼無始無終！

有老友令人高興

我孤單時　他來訪

我們用優雅的語調說笑

老朋友川流不息到來！

我的痛心悲傷已長大
My painful sadness has grown

我的痛心悲傷已長大

我找不到適當的量尺

突然間出現童真的

樂趣　我並不孤單！

黎明時我看到玫瑰光線

在安靜如夢的樹林上方

我驀然墜入了情網

再會啦　討厭的長夜！

旭出光芒燦爛的繆斯
My rising, my ascendant Muse

旭出光芒燦爛的繆斯

建造搖晃船　讓我們飛

進行神祕的巡航漫遊

在溫煦的微笑天空下！

耳語的風使我們有機會

忘掉我們傷心的過去

放棄無休無止的夢幻

且聽熱情爆發的歌聲！

我們會逐一發現新領土

流浪中會認識新朋友

向溫柔美人貴婦致意

說不定還會發生戀愛！

九位繆斯站著垂下眼睛
Nine Muses stand lowering their eyes

九位繆斯站著垂下眼睛

沒辦法幫助我

明亮的群星已告

從夜空消失

請做我的第十位繆斯

把手放在我的肩上

用妳魔術的鑰匙

打開我心的門扉

用光照亮我的道路！

在人人的心中

燃起愛情的火焰！

和我同守到最後斷氣！

美女喲，妳覆蓋著面紗
Oh beauty, you are covered by a veil

美女喲　妳覆蓋著面紗

妳是實體還是我內心的幻影？

若是妳果真存在　我如何找到

實證與童話故事間的界限？

我用肌膚感觸美女存焉

就像事物不朽的屬性

就像萬花盛開的永恆春天

聽不到也看不見的東西！

生命呵，無名的神性
Oh life, unknown deity

生命呵　無名的神性

變化形相但不會消逝

循著永恆的迷宮徘徊

你改變戰術轉為神祕！

使它成謎　不揭開魔術密碼

保留在生命起源的陰深祕境

讓所有聰明人走在平坦路上

茫然無知地球發生什麼事故！

啊，愛情到何處找港口
Oh love, where will you find your haven

啊　愛情到何處找港口

以什麼心情停泊？

這純潔的心會上升天庭

還是落入恐怖地獄受火刑？

我的至愛　或許妳揣測

我為何愛妳　愛妳不變

無法忘懷的公主啊

我心在哀嘆　久久悲吟

大地之母啊，我是妳的後裔
Oh, mother-earth, I'm your offspring

大地之母啊　我是妳的後裔

我是妳鍾愛的謙卑兒子

我耗盡一生流連徘徊

尋找太陽光下的新奇景

大地之母啊　我歌頌妳

感謝惠賜麵包和開懷紅酒

妳生長的樹上果實芳香

清脆可口　不可思議！

我喜愛妳的動物　鳥類

高山　平原　粼粼海洋

我找不到適當的話形容

讓我們在無限讚美中跪下

一旦在生命中遇到妳
Once in my life I met you

一旦在生命中遇到妳

我就不願再失去妳

只要我們的路走對

我們可以共築幸福！

讓我們二心合一跳動

讓我們身體融合一起

我們絕對不會分離

一旦彼此已經相遇！

我們的生命串連希望和恐懼
Our life is a linking of hope and fear

我們的生命串連希望和恐懼

我們夜裡祈禱正當雲掩月亮

我們在午後向神禱告

深信絕望終會消失蹤影

對　我們相信　流淚時

我們等到眼淚成為喜淚

我們的煩憂像是無用的玩具

我們仍然信仰神和幸福歲月

我們人生奇妙
Our life is wonderful

我們人生奇妙　常忘記

永遠正確的簡單真理

不要害怕　請用光照亮

又滑又溼的危險道路

有時我們試圖堅持得以

快速攀上頭痛的山坡

發現自己瀕臨災難邊緣

恐怖痛苦　沒有希望

不必全部徒然委屈自己

永恆的生命河流依舊

草葉在陽光下繼續成長

妳若想做壞事就來吧！

或許人們說詩人撒謊
Perhaps, people say that poet was a liar

或許人們說詩人撒謊

盡心描述女性之美

現實裡並不存在

到何處去找這神般的臉？

只是祂失控的想像力

偶然的短暫產品！

所以有什麼理由要我們

在花瓶上彩繪非凡圖案

花瓶早晚還是會打破！

仍然有許許多多童話

所有詩人都撒大謊！

可是誰會讀那些童話？

鳳　凰
Phoenix

妳說鳳凰

會從灰燼重生

只要把妳破碎的愛放進去

全心全意試一試

鳥會再度復活！

神話多麼動聽啊！

可是灰燼依然灰濛濛

詩人，請點燃您的愛心
Poet, ignite your loving heart

詩人　請點燃您的愛心

把死去的靈魂帶回生命

讓我們分享神聖的麵包

打開箭袋　丟掉標槍！

您有智慧又精明幹練

唯您能開啟深重的心扉

靈魂已死　您不要等待

別耽誤　詩人　動手吧！

可憐的繆斯燒光光了
Poor Muse have burned to the ground

可憐的繆斯　妳燒光光了

還不停地歌詠消失的昔日

今天還有誰準備聽妳的假聲

妳留在桅杆斷折的老船上

啊　虔誠又純真無邪的姊妹

像垂死的天鵝想邊飛邊唱，

妳因盛譽得寵　閃閃發光

可別忘記妳的翅膀破裂了

問 題
Questions

有那麼多問題

在我的夢土成長

像黃蜂刺痛我心

美的謎題到底

埋藏在哪裡呢？

愛的花蕊為什麼

每到春天就綻放

又凋謝何其快？

衰敗成為我們命運

主宰時界限何在？

這些問題多麼恐怖！

是否可能打破

這邪惡的圈圈

活下去不受折磨？

想起那些黃金日子
Remember those golden days

至今我禿頭而妳白髮蒼蒼

我們再也不能站在陽光下

想起在那粼粼閃亮的海灣

我們啜飲沁脾悅人的紅酒！

想起長滿青苔的岩石洞窟

想起我們熱烈激情的蜜吻

在永不疲倦的波湧浪滔間

一切過往已落入幽暗深淵

我的歌聲像山溪滾滾而下
Roll down, my song, as a mountain river

我的歌聲像山溪滾滾而下

湍急的水流旁著磊石的溪岸

神賜給的靈感　我傳達給

讀者　如像到處晃蕩的鬼魂

奔馳不息流動有節奏感

年老才寫出可以傳頌的詩篇

歌詠雲彩　雨水以及雪景

歌詠天賜大地上的一切事物！

悲　傷
Sadness

我熱烈的希望和薔薇夢

一去不回　消失無蹤

啊　像水流　不再回頭

蒸發散逸　全部逝去

我的青春幸福美妙歡樂

以迴音歌聲呼應往昔

我不再是天真浪漫孩童

已然可分辨是非對錯

不再像年輕時毫無顧忌

在青草地上一味玩樂

我感受灰心絕望的心情

連沮喪的朋友也悲傷

從小我就喜歡熱鬧
Since infancy I like the joy

從小我就喜歡熱鬧

使我的心靈超越

難以形容的調皮快樂！

我不能忘懷的玩具！

不喜歡只有黑白兩色

我從燦爛奇妙的彩虹

偷取過炫耀的光彩

得到令人激動的歡欣！

我愛熱鬧　這無盡海域！

我解不開妳的密碼

只能用頌詩稱讚妳

滿懷著迷戀和感情！

詩人呀，這一切是什麼意思
Tell me, poet, what does it all mean

詩人呀　這一切是什麼意思？

你能描述時間的本質嗎？

你的雅興和心愛韻律何在？

你的機智幽默深藏何處？

如果你是詩人　要經常探索

不同的形式　不凡的願景

除了你　沒有他人能做決定

你是自己的裁判　你最優秀！

感謝主，颱風消失了
Thank God, typhoons disappeared

感謝主

颱風消失了

到處寂靜無聲

黃色沙丘周圍

明媚月光下

一切問題解決了

所有玫瑰的刺掉落了

我們的血脈跳動如昔

不再用棍敲打

我們是奇怪的動物

沒有眼淚活不下去

喜歡在傷口撒鹽巴

揹著一袋不需要的侮辱

幸福快樂的夏天

很快就過去了

我們不再等候

溫柔的關係

準備迎接新的颱風！

秋天來了
The autumn comes

秋天來了　年關將到

冷風吹樹葉紛紛落下

綠色漸褪　紅豔漸濃

處處但見黃一塊褐一塊

田野灰濛濛　妳可聽到

老教堂鐘聲敲響了

時間飛逝　一切美好

陽光依舊　我在此謝天！

吟遊詩人
The bards

悲傷的詩人　快樂的詩人

你唱歡樂和傷心的歌曲

怪異的詩人　你是鐘是鑼

有時候你似乎是地上的神！

張開你雪白閃亮的翅膀

獨自在寶藍色的光中翱翔

受到鼓舞的人追隨你飛行

你雄壯的字句觸動心弦

但無數的詩人命運乖舛

他們默默無聞　一個一個

從未在光耀的太陽下受寵

沒有人稱他們是名人或偉人

啊，榮耀的上天開大門吧

讓所有的詩人　不論貧富

給他們再一次機會提振

人的心靈　還不會太遲！

快樂喜悅的青鳥
The bluebird of my joy and pleasure

快樂喜悅的青鳥

我到處尋尋覓覓妳

妳不在此不在彼

我想不出更好辦法

評估我無價寶貝

隱身不見的青鳥呀

妳是活生生還是

散佈在蒼天的虛幻？

生動的眼睛
The eloquent eyes

誰能夠把感情翻譯得勝過

熾熱　亮麗　生動的眼睛

誰寄給妳謎樣的信件

又是誰邀妳在天空翱翔？

妳不能聽　誰能說些事

引起妳暗中唉聲嘆氣

誰一下愛　又一下哭

妳　我傾心的生動眼睛！

感情堡壘的大門深鎖
The gate of feeling's castle is locked

感情堡壘的大門深鎖

心的槍孔沉寂無聲

記憶的大廳空空蕩蕩

鐘樓的指針損壞了

黑夜繞著堡壘徘徊

黎明以紅唇趨就

但前者的感情已遁

無人聽見銀色喇叭響

太陽消失不見　灰雲

再度帶來傾盆豪雨

似乎什麼事也沒改變

可是幸福一去不回

無家可歸的狗
The homeless dog

我是流浪狗　　到處徘徊

尋找棲身地　　在荒涼叢林

於此度過最寒冷的夜晚

在月光下冰凍徹骨

明天早晨我會再回來

找一些剩菜　　一塊骨頭

涉入無止無息的鬥爭

我是流浪狗　　過這種生活！

愛情的課題
The lesson of love

夜鶯藉著靈感歌唱

夏夜裡充滿幸福

妳給我一堂愛情課

熱烈的感情昂揚！

絢美的花卉盛開

我感受到妳的溫柔

天堂鳥在空中翱翔

我的夢想變事實！

心中記得每一細節

在天堂的花園裡

智慧樹　亞當與夏娃

正在偷吃禁果呢！

運動會改變，不會消滅
The movement may change but cannot die

運動會改變　不會消滅

永久運動被飛逝時間　奔跑

我的自由詩　和閃光　輕快韻律包圍

我熾熱的心靈　在蔚藍天空翱翔！

運動之內有翻滾的生命

經常在我們古老土地上沸騰

在紛擾　戰亂　暴動　鬥爭的熬鍋內

不斷尋求死亡與新生的平衡！

繆斯是我永恆的生命
The muse is my eternal life

繆斯是我永恆的生命

我的愛　我的希望　我的火

我的慰藉　我的欲求

她帶我遠離致命的鬥爭

親愛的繆斯呀　我多麼愛妳

妳是我忠誠的最好朋友

只有對妳　我願致以

多情的思慕和最後的告別！

夜鶯的夜曲
The nightingale's night song

再會吧！我要飛到樹上

坐在枯枝上等待溫柔的夜

我的翅膀掠過快樂的詩篇

不再有光時　開始婉轉鳴唱

在恩賜的黑暗裡我唱我歌

詠歎無盡的　全盤收納的愛

沒有任何亂序的錯誤音調

我的顫音傾倒老態的叢林！

夜出現在妳門口
The nights appear near your doorstep

夜出現在妳門口

準備親吻討好妳

但只看到任性的冷床

「別碰我」女孩！

我不知如何是好

神啊　幫我說服

這頑固的傢伙

她只喜歡有錢人！

灰髮老人準備安息
The old grey man, ready to fall asleep

灰髮老人準備安息

靠近火爐安靜讀書

碎光在倦臉上舞蹈

不定性的思想亂跳

彎腰坐在椅上打盹

喃喃自語生活多艱苦

時間要來把身體帶走

可笑呀！生命真奇怪

硬幣的另一面
The other side of the coin

每一枚硬幣都有背面

有些看不見的細部

隱弦聽不到的聲音

妳得過多少勳章呢？

那些對妳有

多大的重要呢？

希望的曙光
The ray of hope

我心病了　我意志消沉

我的精神深陷絕望中

我知身體需要好好休息

我的肺在等待乾熱空氣！

我必須絕念縈懷苦情

焦慮不安的夜才會遠揚

隧道盡頭必光明在望

希望的曙光會帶來晴天！

春　天
The spring

今早我離開鬱悶的屋子

感到頭腦昏昏沉沉不暢快

起伏不定的心情沮喪透了

走到繁花錦簇的青草地

太陽升起了　我踩過草坪

覆滿濃厚的真珠露水

晶瑩的彩虹呀　我愛妳！

突然間我終於清醒了！

我們周遭的生命多美妙

春天的花卉是多麼純潔

我的眼睛辨識每種色澤

都是以前沒見過　哇！

我已準備好要張開翅膀

像雲雀飛上高空鳴唱

像風箏直衝九重雲霄

宣揚妳燦爛春天的美德！

夏天過了，涼秋來到
The summer passed away, and dreary autumn comes

夏天過了　涼秋來到

大地準備掉眼淚

每一片樹葉都在發抖

聽到寒風敲鼓鼕鼕

我也像可憐樹葉哭泣

抗拒長眠雪下掩埋

在此被嚴格禁錮！

殘酷生命法則　可怕！

最寵愛的情人是護身符
The talisman of fondest love

最寵愛的情人是護身符

保護我免於各種疾病

擺脫不容移動分毫的鎖鍊

保護我免受訛詐欺騙

不要挑撥擴大我的舊傷口

不要徒然鏤刻我的心靈

千萬讓天庭乾乾淨淨吧

保護我呀　我的護身符！

輪子在轉
The wheel runs

輪子在轉　熱情消失

昏昏沉沉中　怎麼辦？

黑影在牆邊急馳而過

愛情再見！或許好在

單純把萬事忘得乾淨

永遠變成一塊朽木頭？

風不吹了
The wind doesn't blow

風不吹了　所有的帆

都在無動靜的空氣中卸下

長久寂寂　絕望時刻

啊　我想往日的人生全敗

不定性的思想又在低語

關於生與死之間的平衡

甜蜜的和平與血腥的鬥爭

關於將會凋謝的玫瑰

但無助於抑制我的痛苦

我無法把黑白顛倒

《傳道書》這樣說似對了

一切終歸徒然！

女 人
The woman

女人是熱情的發射器

不可預料的感情瀑布

女人是藝術的對象

萬物在她魔力的手中！

她同時是我們生活裡

一切困境的由來

女人呀　有時候妳像

神一般無法企及

有時候妳又像命運纏身

無名氏呀　究竟妳是誰？

世界要靠美和藝術拯救
The world will be saved by beauty and art

在此殘酷的生涯裡　共存

神聖的愛和致命的死亡

我相信美的永恆饗宴會

賜給餘生　到最後一口氣！

我不知道恐怖會統治多久

新的血腥戰爭何時發動？

為了求生　我們必須謹記

世界要靠美和藝術拯救！

同一銀幣總是會有兩面
There are two sides of the same silver coin

同一銀幣總是會有兩面

早春期待長出朵朵新芽

可別忘了有滅村的春汛

常見歡樂與苦難相比鄰！

夏日是美妙舒暢的季節

讓我再重述另一則真理

盛夏颶風使人聞之喪膽

一旦目睹不堪再度遭遇！

豐盛的秋收有種種果實

所有倉廩裝滿黃金小麥

但無聊的是孤獨無溫暖

只聞風來風去吟聲單調

每當淒冷寒冬終於來臨

以貞潔的白雪覆蓋一切
坐火爐旁靜觀餘燼仍熾
感到嚴寒包圍手臂四周

今晚又清爽又安詳
This evening is balmy and serene

今晚又清爽又安詳

讓我們去常遊的樹林

我無與倫比的高貴女王

優雅戴著柔細白手套

那邊微弱的光線朦朧

　在沉思靜寂的月光下

我低語白天說不出口的

長久等待未現的夢想

告訴妳　我要再試一次

這樣掙扎實在太累了

天賜的愛　給我最後機會

把我不敢說出的話問妳！

登上詩的寶座
To ascend the throne of poetry

登上詩的寶座

手中掌握文字的力量

榮獲豐厚的獎項

你想　這有可能嗎？

有時嘗試放手一搏

邁向難以企及的高峯

擁有神話國王的權力

阻止最後走向迷失

那裡有巫師護衛

會指示榮耀所在

那裡詩人都成大師

眾人皆知的王牌天才！

真愛擊中妳像火熱的箭
True love hits you like a fiery arrow

真愛擊中妳像火熱的箭

妳無情或瀟灑　都沒關係

妳感到令人傷心的不明力量

把妳的心撕裂開來！

真愛呀，何處是妳動蕩的海灣
True love, where is your shimmering bay

真愛呀　何處是妳動蕩的海灣

在蔚藍的天空下等候我們？

誰能解開這鬼謎語　為何

我們是剛愎子弟會走入迷途？

在山嶺　平原　森林之間

於露水滋潤　青翠如茵草地

我們迎接不到緋紅的黎明

孤孤單單守在家裡

相信我
Trust me

相信我　我們老骨頭內

會放進年輕的心靈！

相信我　我們會克服

無法跨越的邊界

暗夜總會過去

我們還會見到黎明！

我準備幫助妳　別傷心

夏天還是會再來！

再試一次
Try again

有時妳達不到隱匿的目標

有種種理由使妳無法前進

別驚慌，運用第二次機會

把事事掌握在自己控制下

忘掉絕望心情，再試一次

妳當然會找到優秀的同輩

請向前進，不要任何害怕

相信妳會打斷不幸的鍊條

愛情常常看來像童話
Usually love looks like a fairytale

愛情常常看來像童話

像彩虹亮麗璀璨！

沒有比愛情更美的事

儘管有時會燃燒！

深信不疑的人喜歡

這些故事一代傳一代

這些愛情故事大大

愉悅我們飢渴的心！

水聲歌曲
Water's song

水是神創造的首席歌手

那是雨不歇的歌聲

雲沿著無精打彩的平原

蹣跚而行時的足音

潺潺小溪唱著愉快心情

匯聚成強力的水流

從暢快的美妙歌曲起音

彷彿是大河在合唱

我們相信我們的信仰
We are believers of our faith

我們相信我們的信仰

我們織造我們的夢想

似乎我們可以成名

啊　我們也會墮落！

要掌握生命的楨桿

準備撬開笨重岩石

別當常常呻吟的奴隸

你不要和平就要戰鬥！

我們是專車上的乘客
We are passengers on a particular train

我們是專車上的乘客

專車疾駛經過每一車站

若遇雪崩豪雨　無關緊要

車行風馳雷掣沒有偏差

我們無法解釋非凡的事

是誰為何派出這號快車？

不久前還是亮麗的春景

如今我們眼見寒冬天空

這趟旅行指望是喜是悲？

誰知最後一站在何處？

沒有答案　嫌隙深深

似乎沒有救助的機會

我們彼此離得太遠
We are too far away from each other

我們彼此離得太遠

隔著汪洋大海

我卻為妳瘋狂

時時刻刻　我的卿卿！

如何打破這邪魔圈？

有時我掙扎著以求

保全身心一體

我們未來怎麼辦呢？

我們不能真正得到所需
We can't really get what we need

我們不能真正得到所需

深信我們無法把握時機

時間把作為都投入往昔

我們目前所作都已作過！

剛剛說過的點點滴滴

始終變成過往雲煙

在浩瀚裡消失無蹤影

你要嘆息　隨你便！

我們活著退縮到自我
We live withdrawing into ourselves

我們活著退縮到自我

在精緻的小殼內

我們好像書架上的古書

有強烈的樟腦味道

南方戰火　　東方動亂

四方都有死亡快報

我們不斷呢喃像牧師

滔滔不絕為愛傳道！

惡運呀，到底你要我什麼
What do you want me, evil fate？

惡運呀　到底你要我什麼？

玩兩面遊戲的理由何在？

你為何認為我有名望？

為什麼我要敲你的大門？

為什麼你相信反正早晚

我會徒然苦苦央求做為

你的奴隸而一無他求？

去死吧！我才不會上當！

當燭光正在搖曳
When candlelight is flickering

當燭光正在搖曳

影子散佈在牆壁四周

秒針有韻律地滴答響著

我清楚聽到永恆的呼聲

當小提琴的弦斷了

悸動的心承受痛苦

當妳不再啟唇言語

還說什麼呢？一切徒然

當燭光閃爍
When candlelight twinkles

當燭光閃爍

影子沿牆壁移動

我的思考混雜

感到晚秋淒冷氣息

當琴弦已斷

無價的小提琴瘖啞

我的一生事宜

道盡　無可改變

當河流在太陽下匯合
When rivers merge under the sun

當河流在太陽下匯合

不再二分　而是合一

已失去往日　不復原貌

是兩個結構內的新河流

男女鍾情熱烈相愛

相配成為一副手套

兩心相悅到難分難捨

同甘共苦又相惜相憐

每天彼此相偎相倚

一路走來亦步亦趨

二人悲歡永生共享

同命呼吸至死方休

當黑夜從上天滑下來
When the night slides from Heaven above

當黑夜從上天滑下來

第一顆明亮的星再度閃爍

我愛　忘掉妳的煩惱吧

忘掉一切悲傷與痛苦

從從容容在天體間滑動

閉上潤溼的眼睛入睡吧

相信我　妳不會再流淚

我愛妳！妳會嚇一跳吧！

當雨停時
When the rain stops

當雨停時　妳再也

聽不到淅瀝嘩拉

我們的生活恢復從前

我們的夢想又回到身邊

透過妳臉上的皺紋

我們又看到愛情的花朵！

時間在跑，告訴我，什麼理由
When time runs, tell me,
what's the reason

時間在跑　告訴我　什麼理由

要永遠與命運鬥爭不停

當然　我們無法改變四季

必須為長久的壽命付出代價！

我不會在乎心靈守著孤獨

在我最老的歲月裡無助

我的手裡捧著古舊的碗

裝滿甜蜜紅酒和苦澀淚水

兩顆心相遇擁抱
When two hearts meet each other and embrace

兩顆心相遇擁抱

呼吸火熱　胸跳急促

他們明知在人種中

找到自己的最愛！

凝視幸福的臉

只說　神保佑妳！

妳艷麗如閃亮露水

妳是美　妳是善！

當我們綜合一切
When we summarize everything

當我們綜合一切

妳最後說再見

當我知道世界上

只有神和我　突然

明白發生了什麼事

我為何不能有所作為

只能為財富奮鬥？

如今一切已成空！

我心中仍然記得起初

愛的餡餅有多甜蜜

當妳望著鏡內
When you look into the mirror

當妳望著鏡內

想在臉上找些瑕疵

不要在乎皺紋

妳在我的心中更美

妳知道五月花開時節

愛情的光芒依然亮麗！

誰能建言如何成功
Who may advise,
how to achieve success

　　誰能建言如何成功

　　分出污水與泉水

　　惡與善　　絕望與幸福

　　如何辨識騙子與真國王？

　　若能妥為學習如何發現

　　突出於整體的各部分

　　你卻走不出心的樊籠

　　相信我　　永遠是無名小卒！

為什麼你會愛我
Why do you love me

為什麼你會愛我？

我常常聽到這個問題

都快要瘋掉了

因為人不能　只有上帝

才能回答這個問題

所以我的答覆是

「我不知道！」

我愛妳沒有任何理由

由妳來回答「為什麼？」

為什麼
Why

無雲的藍天遠遠垂下來

傍晚迷途的微風撫摸我臉

黑夜已準備裝束晚禮服

點綴無際太空中的星辰

當此莊嚴如畫時刻出現

月光映照呢喃的樹葉

相信我　我已眼淚奪眶

天呀　為什麼我們要分手？

妳孤單在悲慘的痛苦中
You are alone in terrible pain

當妳又幸福又高興

當妳快樂　無憂無慮

妳有百位知交的朋友

她們會盡其所能

投妳所好討妳歡心

做為妳的朋友到滿點

當妳遭遇苦難傷痛

她們會轉身離妳而去

從此再也不回顧

身邊周圍常有迴音

帶著愉快的笑聲

妳孤單在悲慘的痛苦中

妳是我的至愛
You are my beloved

我的生命奠基在

妳美目盼兮　我們一度

獲得存在的快慰！妳是

我的至愛朋友　我仰慕妳

為妳性感的櫻唇神魂顛倒

很高興聽到妳怦怦心跳

我們相愛是無比重要的事

我們會永遠在一起！

妳是我珍貴的錯誤
You are my golden mistake

妳是我珍貴的錯誤

我一生為此付出代價

年輕時毫不在乎

墜入情網

妳頑固又任性

盡做我不喜歡的事

妳一直還在折磨我

妳跑起來像岩羚羊

很不容易能夠

跟上妳

但要是沒有妳

我恐怕已死去多時

我們生活上連連犯錯

稍後就付出代價

然而我們還是無法解開

愛情的所有謎團

而我們又罕得知道

怎麼做才好

妳從山上下來
You descended from the mountains

妳從山上下來

給我一片藍天

很容易把我帶進

莫名感覺的森林

我心情愉快　忘了一切

突然墜入情網多美妙呀！

妳是流星
You were a fallen star

妳是流星

在夜空

不再有光亮

而烏雲

聚攏過來

我無話可說

沒有妳怎麼活?

告訴我為何

短暫的至福時刻

接著是無盡的折磨?

我們為何不臻於完美

解開愛情的謎語?

妳像遠離的光線
You were like a faraway beam

妳像遠離的光線

火慢慢熄滅

沒有成功

我失去唱歌的機會！

妳會恢復力氣
You will retrieve your might

當妳在夜裡靜坐很久

就會知道徒然無益

有時快要按耐不住

腦袋茫茫　無法寫作

妳不知道對還是錯

無疑　妳需要休息

等一下　妳發現最佳

新機　妳會恢復力氣！

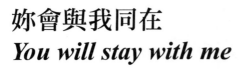

妳會與我同在
You will stay with me

當瘋狗浪把妳捲走

或是旋風把妳捲上天

妳會與我同在

發生什麼事沒關係

我們永遠連接在一起！

愛情有莫名的力量

會贏得對死神的戰爭

愛情永遠不死！

給大家的愛

妳的身體是白雪
Your body is white snow

妳的身體是白雪

在陽光下閃閃發光

附近沒有人在

寂然無聲

這白雪多麼誘人啊！

我願永遠觀賞妳

也準備犯罪孽

我知道法官會送我入獄

我知道天堂沒我的份

我的感情無所作為！

我準備而且心甘情願

把頭送上斷頭台

語言文學類　PG0616　名流詩叢16

給大家的愛 Love for All Ages

作　　　者/隋齊柯甫（Adolf P. Shvedchikov）
譯　　　者/李魁賢
責任編輯/黃姣潔
圖文排版/蔡瑋中
封面設計/王嵩賀

發 行 人/宋政坤
法律顧問/毛國樑　律師
印製出版/秀威資訊科技股份有限公司
　　　　　114台北市內湖區瑞光路76巷65號1樓
　　　　　電話：+886-2-2796-3638　傳真：+886-2-2796-1377
　　　　　http://www.showwe.com.tw
劃撥帳號/19563868　戶名：秀威資訊科技股份有限公司
　　　　　讀者服務信箱：service@showwe.com.tw
展售門市/國家書店（松江門市）
　　　　　104台北市中山區松江路209號1樓
　　　　　電話：+886-2-2518-0207　傳真：+886-2-2518-0778
網路訂購/秀威網路書店：http://www.bodbooks.com.tw
　　　　　國家網路書店：http://www.govbooks.com.tw
圖書經銷/紅螞蟻圖書有限公司
　　　　　114台北市內湖區舊宗路二段121巷28、32號4樓
　　　　　電話：+886-2-2795-3656　傳真：+886-2-2795-4100

2011年09月BOD一版
定價：220元
版權所有　翻印必究
本書如有缺頁、破損或裝訂錯誤，請寄回更換

國家圖書館出版品預行編目

給大家的愛 / Adolf P. Shvedchikov[著] ; 李魁賢譯 -- 一
　　版. -- 臺北市 : 秀威資訊科技,2011. 09
　　　　面 ; 公分. -- （語言文學 ; PG0616）（名流詩叢 ;
16）
　　BOD版
　　ISBN 978-986-221-817-4（平裝）

880.51　　　　　　　　　　　　　　100015207

讀者回函卡

感謝您購買本書,為提升服務品質,請填妥以下資料,將讀者回函卡直接寄回或傳真本公司,收到您的寶貴意見後,我們會收藏記錄及檢討,謝謝!如您需要了解本公司最新出版書目、購書優惠或企劃活動,歡迎您上網查詢或下載相關資料:http:// www.showwe.com.tw

您購買的書名:＿＿＿＿＿＿＿＿＿＿＿＿＿＿＿＿＿＿＿＿＿＿＿＿＿

出生日期:＿＿＿＿＿＿年＿＿＿＿＿＿月＿＿＿＿＿＿日

學歷:□高中 (含) 以下 　□大專 　□研究所 (含) 以上

職業:□製造業 　□金融業 　□資訊業 　□軍警 　□傳播業 　□自由業

　　　□服務業 　□公務員 　□教職 　　□學生 　□家管 　　□其它＿＿＿

購書地點:□網路書店 　□實體書店 　□書展 　□郵購 　□贈閱 　□其他

您從何得知本書的消息?

　□網路書店 　□實體書店 　□網路搜尋 　□電子報 　□書訊 　□雜誌

　□傳播媒體 　□親友推薦 　□網站推薦 　□部落格 　□其他＿＿＿＿＿＿

您對本書的評價:(請填代號　1.非常滿意　2.滿意　3.尚可　4.再改進)

　封面設計＿＿＿　版面編排＿＿＿　內容＿＿＿　文／譯筆＿＿＿　價格＿＿＿

讀完書後您覺得:

　□很有收穫 　□有收穫 　□收穫不多 　□沒收穫

對我們的建議:＿＿＿＿＿＿＿＿＿＿＿＿＿＿＿＿＿＿＿＿＿＿＿＿＿＿

＿＿＿＿＿＿＿＿＿＿＿＿＿＿＿＿＿＿＿＿＿＿＿＿＿＿＿＿＿＿＿＿＿

＿＿＿＿＿＿＿＿＿＿＿＿＿＿＿＿＿＿＿＿＿＿＿＿＿＿＿＿＿＿＿＿＿

＿＿＿＿＿＿＿＿＿＿＿＿＿＿＿＿＿＿＿＿＿＿＿＿＿＿＿＿＿＿＿＿＿

11466
台北市內湖區瑞光路 76 巷 65 號 1 樓

秀威資訊科技股份有限公司 收

BOD 數位出版事業部

....

（請沿線對折寄回，謝謝！）

姓　　名：＿＿＿＿＿＿＿＿＿　　年齡：＿＿＿＿　　性別：□女　□男

郵遞區號：□□□□□

地　　址：＿＿＿＿＿＿＿＿＿＿＿＿＿＿＿＿＿＿＿＿＿＿＿

聯絡電話：(日)＿＿＿＿＿＿＿＿＿　(夜)＿＿＿＿＿＿＿＿＿＿

E-mail：＿＿＿＿＿＿＿＿＿＿＿＿＿＿＿＿＿＿＿＿＿